Fruttero & Lucentini

Du bist so blaß

Serie Piper
Band 694

Zu diesem Buch

An einem heißen Tag im Hochsommer bricht eine Frau auf, um an einem jener mondänen Rituale teilzunehmen, wie sie die bessere italienische Gesellschaft zu zelebrieren pflegt: Man versammelt sich zum Zwecke der Bewunderung vor irgendwelchen Ruinen, sucht dann eines jener als Geheimtip geltenden ländlichen Freßlokale auf, um sich danach irgendeinem exquisiten Kunstgenuß hinzugeben. Gea, die bei derlei Vergnügungen nicht zum erstenmal dabei ist, ist diesmal nicht recht bei der Sache, irgend etwas ist anders als sonst, sie fühlt sich fehl am Platz, wird auch kaum wahrgenommen, als sie nach etlichen Irr- und Umwegen am vereinbarten Treffpunkt anlangt. Das einzige, was sie hin und wieder zu hören bekommt, ist, daß sie so blaß aussehe. Der Tag wird immer anstrengender und sinnloser, die Vorhersehbarkeit, mit der das Programm abläuft (inklusive Pannen), wird zur Tortur. Erst auf dem Heimweg klärt sich blitzartig und endgültig das Rätsel, warum dieser Ferientag so ganz anders war als alle anderen.

Das italienische Autorenduo hat eine meisterliche kleine Etüde geschrieben, eine witzige und bösartige Kritik an der italienischen Sommerkultur und zugleich eine Geschichte, die das Gruseln lehren kann.

Carlo Fruttero, geboren 1926 in Turin, lebt in Turin. Lektor, Journalist und Übersetzer.
Franco Lucentini, geboren 1920 in Rom, lebt in Turin. Lektor, Journalist und Übersetzer.

Berühmt geworden sind die beiden Autoren vor allem durch ihre gemeinsam verfaßten Kriminalromane. Im Piper Verlag liegen neben der »Sonntagsfrau« (1974) die Romane »Wie weit ist die Nacht« (1981) und »Der Palio der toten Reiter« (1986) vor.

Carlo Fruttero & Franco Lucentini

Du bist so blaß

Eine Sommergeschichte

Aus dem Italienischen von
Dora Winkler

Piper
München Zürich

Die Originalausgabe erschien 1981 unter dem Titel
»Ti trovo un po' pallida«
bei Longanesi & C., Mailand.

Von Fruttero & Lucentini liegt in der
Serie Piper Spannung vor:
Die Sonntagsfrau (5501)

ISBN 3-492-10694-3
Deutsche Erstausgabe
April 1987

Umschlag: Federico Luci,
unter Verwendung eines Ausschnitts aus dem Gemälde
»Allegorie des Frühlings« (um 1477)
von Sandro Botticelli (Uffizien, Florenz)
Gesamtherstellung: Clausen & Bosse, Leck
Printed in Germany

Du bist so blaß

Ich Unselige weiß bloß noch, und es ist ein Wunder, daß ich mich wenigstens daran erinnere, *Rasselas II* heißt das Boot dieser reizenden englischen Freunde von Fabrizia, und so verliere ich eine Unmenge Zeit, bis ich es finde, nachdem ich schon Stunden gebraucht habe, um zweihundertfünfzig Kilometer weit vom Hafen einen Parkplatz zu kriegen. Jenseits des bewachten Eingangs das übliche fürchterliche Gedränge wie bei allen diesen künstlichen Yachthäfen, allen diesen ganz rational entworfenen Anlagen, die sofort jeder Berechnung zum Trotz ins unsäglichste Tohuwabohu ausarten. Ich wandere also weitere

Kilometer die Kais entlang, die an Krankensäle während einer Pestepidemie erinnern, und von skandinavischen Auskünften, griechischen Handpantomimen, spanischem Strahlelächeln geleitet, schleppe ich mich schließlich zum Bett 718, wo die Patientin *Rasselas II* liegt, so ein weißer Apparat mit zwei Masten.

Ich sehe niemanden, gehe an Bord und einer leisen Klaviermusik nach unter Deck, und da finde ich die beiden Reizenden, wie sie sich eine Bach- oder Vivaldikassette reinziehen, sie ißt einen Apfel, er kauert auf einem Stuhl wie ein Krebs und ist auch genauso rot. Sie fallen aus allen Wolken, störrisch, immer wieder, wissen von nichts, verstehen nichts, heben die Augenbrauen, ich will schon stinkwütend kehrtmachen und wieder gehen, da knattert plötzlich eine ganze Salve von »ohs« los, um den Heiligen Geist der Erleuchtung zu grüßen, der sich auf sie herabgesenkt hat, oh so you are Gea, oh yes, oh sorry, oh well, oh please, und bei weiterem Nachschürfen fördere ich zutage, daß die gar nicht die Reizenden sind, sondern zwei Freunde, zwei Gäste der *Rasselas II*, deren Besitzer (ein Jeff, wie es scheint, und eine Harriet) an Land gegangen sind, nach Port'Ercole, um, oh, *zucchini* (im Text italienisch) zu kaufen.

Aber sollten die denn nicht auf mich warten, sollte ich sie denn nicht alle zusammen nach Montepulciano fahren, hatten sie das denn nicht gestern abend mit Fabrizia ausgemacht, wo ich doch den großen Kombiwagen habe und so weiter?

Oh yes, oh no, oh dear, oh God, das war ein Mißverständnis, sie hatten geglaubt, in Montepulciano gäbe es ein Konzert von Gazzelloni, doch dann haben sie erfahren, daß Gazzelloni heute abend in Massa Marittima spielt, und dann haben sie Fabrizia angerufen, aber Fabrizia war nicht da, und dann haben sie ausrichten lassen...

Oh Scheiße. Ein erbärmlicher Apfel wird mir angeboten und von mir zurückgewiesen, während der Krebs mich über Gazzelloni ausfragt, er ist nämlich der Enthusiast, der Fan, er hat alle seine Platten, bloß hat er nie das

Glück genossen, ihn live zu hören, er hat ihn immer um Haaresbreite verpaßt, letztes Jahr und so weiter, und vorletztes Jahr auch und so weiter. Ich erkläre ihm, daß es für mich immer schwierig war, ihn nicht zu verpassen, seit Jahren schafft man es im Sommer in Mittelitalien nicht, in irgendein Städtchen, in die unbedeutendste Basilika, in das winzigste Eiscafé mit zwei Tischen und Stühlen im Freien zu kommen, ohne daß dort schon, oh, Gazzelloni ist und seine Flöte bläst. Oh yes, oh I see, oh really.

Ich gehe von Bord der *Rasselas II* und denke, wenn ich die jetzt mit einer Axt erschlagen hätte, wäre man nie auf mich gekommen, wandere wieder die Krankensäle entlang, finde endlich meinen Wagen, der inzwischen ein Backofen ist, und fahre los, mein schönes gestreiftes Kleid ist klatschnaß durchgeschwitzt, und der verdammte Zahn fängt auch wieder an weh zu tun.

Ich verlangsame die Fahrt. Ich bin drauf und dran, umzukehren, nach Hause zurück, ins Dunkle, ins Kühle, wo ich es mir mit einem geeisten Tee und einem der siebenhundertachtzehn Bücher, die ich lesen müßte, gemütlich machen könnte.

Aber Fabrizia hatte es so wichtig, in Montepulciano geben sie den *Tamerlan* von Haydn, also wirklich, das ist ein barocker Leckerbissen, ein ganz, ganz seltenes kleines Juwel, seit vierhundert Jahren nicht mehr aufgeführt (aber werden sie dafür nicht gute Gründe gehabt haben?), und dann kommen lauter so nette Leute, Obo und Malvina von Punta Ala, die Janners von Castiglione, die Berluschis haben es auch versprochen, aus Siena müßte Giorgio dazustoßen und zwei hochinteressante französische Cineasten mitbringen, und dann natürlich Ascanio, Gabriele, die Isa, seit gestern aus Südafrika zurück, die Valdos mit einem befreundeten argentinischen Psychoanalytiker, der unvermeidliche Micheletti und dieser finstere Marchese Gabbiani, der dann immer sagt, er habe sich glänzend amüsiert...

Alle diese Leute zu sehen, müßte mir, meint Fabrizia, guttun, mich ablenken, mir helfen, meine Ehekrise zu überwinden, denn für sie, wie für alle Egozentriker, vergeht einfach die Zeit nicht, sie behandelt mich immer noch wie vor zwei Jahren, als ich mich im Stunk von Roby getrennt habe, den ich auch heute noch für einen unsäglich jämmerlichen Wurm halte, der mir aber gefühlsmäßig inzwischen total schnuppe ist und so weiter. Doch eigentlich geht es gar nicht darum, in Wahrheit macht es ihr einfach Spaß, so etwas zu organisieren, eine lange Ahnenreihe von Generälen hat ihr die Leidenschaft für Truppenansammlungen und -verschiebungen, Überlandmärsche, Vorstöße und Rückzüge, Zusammenführungen und das Ausschicken von Erkundungstrupps auf dem schwierigen Terrain der Toskana, Umbriens und Oberlatiums vererbt. Für große Manöver eben.

Also gut, meine wegen des Abfalls der britischen Marine auf einen Soldaten reduzierte Abteilung setzt sich mit ihrem Zahnweh in Bewegung Richtung allgemeiner Versammlungsplatz, zu den Ruinen von Roselle, die man auf diese Weise doch endlich einmal zu sehen kriegt, seit hundert Jahren sagt man sich ja, man müßte nach Roselle fahren, der Dingsda behauptet doch, sie seien so phantastisch, viel toller als die Akropolis, die Tochter von Wiewarnochdername hat dort mit der Universität von Florenz oder von Harvard Ausgrabungen gemacht.

Da, ein paar Kilometer vor der Abzweigung unten an einer steil abfallenden Kurve plötzlich der übliche Verkehrsunfall, ich bremse, daß mir fast ein Absatz abbricht, fahre, wie ich es in solchen Fällen immer tue, mit geschlossenen Augen vorbei, das heißt, ich versuche, mich auf den Meter Straße unmittelbar vor mir zu konzentrieren, auf das Nummernschild des Wagens vor mir, das Täfelchen des Carabiniere, der mir Halt gebietet oder mich durchwinkt. Ich verenge mein Blickfeld, nehme nicht zur Kenntnis, ignoriere.

Ich zensiere.

Nicht, daß ich besonders empfindlich wäre, nein, im allgemeinen gelte ich als »starke« Frau. Ich bin vielleicht dreimal in meinem ganzen Leben ohnmächtig geworden, einmal nach sechsunddreißig Stunden ohne was zu essen, auf dem verdammten Boot (*Tease* heißt es, ich hasse diese Bootsnamen), das meinem Mann, Exmann, na ja Roby gehört; und ein andermal, als ich mit Todesverachtung ein chinesisches Ei gegessen hatte, bei einem Essen in der Villa eines Pferdezüchters (ich hasse auch die Pferdenamen) in Baden oder in Bayern, ich weiß nicht mehr genau. Und in bezug aufs Tränenvergießen ist mein Durchschnitt ein ausgiebiges Geplärr pro Jahr, höchstens zwei. Mäuse, Spinnen und Schlangen verursachen mir bloß gesunden Schauder, und ich habe ohne mit der Wimper zu zucken etlichen herzzerreißenden Todeskämpfen von Verwandten und Freunden beigewohnt. Ich weiß natürlich nicht, wie ich auf einem dieser Schlachtfelder reagieren würde, wo Menschenfleisch in Schnitzel- und Gulaschform durch die Luft fliegt, aber ich kann sagen, daß ich angesichts von Wunden, Hautabschürfungen, Knochenbrüchen, Geschwüren und Ähnlichem, was bei meinen Kindern im Lauf der Jahre alles vorgekommen ist, nie Riechsalz oder Kognak gebraucht habe, Kognak mag ich übrigens sowieso nicht.

Es sind also wohl kaum Bilder des Grauens

und der Zerstörung, die ich so angestrengt zu vermeiden suche, wenn ich einen Unfall sehe. Außerdem scheint an diesem speziellen Unfall gar nichts Spektakuläres zu sein, Autos von Beteiligten oder Neugierigen stehen am rechten und linken Straßenrand, zwei Beamte von der Verkehrspolizei fuchteln mit ihren Täfelchen herum, andere knien auf dem Asphalt, ziehen Kreidestriche und vermessen lange schwarze Bremsspuren, überall glitzert zerbrochenes Glas, ein Krankenwagen leuchtet in bräutlichem Weiß.

Aus den Augenwinkeln hinter der Sonnenbrille sehe ich dann doch noch zwei schief auf die Fahrbahn geschleuderte Autos, deren Konsistenz nichts Metallisches mehr hat, sondern an schmelzendes Wachs erinnert wie die Gegenstände auf gewissen surrealistischen Bildern, die ich schon ein Jahr nach der Hochzeit mit dem schmierigen, klebrigen Charakter Robys in Verbindung gebracht habe. Im Grunde war es das und nicht seine allerdings empörende Affäre mit Ippolita, was mich schließlich dazu getrieben hat, mich von ihm loszumachen wie von einem Fliegenpapier.

Ich fahre also auf Reifenspitzen an diesen nicht historischen Ruinen vorbei und sehe weiter vorn die vermutliche Ursache von allem, ein Schaf, das jemandem in die Fahrbahn gelaufen sein muß und nun grau und blutig auf dem Asphalt liegt. Um ihm auszuweichen, ist ein hellblauer Kombiwagen gegen einen Olivenbaum geprallt, ausgerenkte Türen, der Bug zerknüllt wie ein Taschentuch nach einem Ehekrach, herausgequollene mechanische Eingeweide, Rauch. Und genau darüber ein stimmungsvolles Reklameschild zur Anregung des Tourismus, vier Reiter an einem toskanischen Strand bei Sonnenuntergang, Gegenlicht (ob sie zu einem Konzert von Gazzelloni galoppieren?). Auf der anderen Straßenseite prägt sich ein geiler Alter in rotem Trainingsanzug neben seinem Fahrrad stehend jedes Detail ein, um es dann seinen Enkeln am Familientisch erzählen zu können.

Ich bin viel zu spät dran, beschleunige, biege in eine nicht asphaltierte Straße ein, holpere zwischen Büschen den Berg hinauf, bis ich auf Schranken, Einzäunungen, Verbotstafeln stoße, parke schlecht und recht hinter dem Rolls-Royce der Valdos, deren Fahrer und Leibwächter Raffaele nicht einmal den Kopf von seinem Westernheftchen hebt, und bleibe dann unentschlossen stehen angesichts eines Pfeils, der anzeigt, wo es zu den eigentlichen Ruinen hinaufgeht, und eines andern, der auf den Rundgang längs der Zyklopenmauern verweist, was in diesem Teil der Welt etruskische Mauern bedeutet.

Da durchfährt mich wie ein Krampf die plötzliche Gewißheit, etwas vergessen zu haben. Panik. Mit den Friedels nach Elba zu segeln? Die Haustür abzuschließen? Oder wollte etwa meine Mutter aus Lausanne kommen und wartet jetzt seit zwei Stunden am Bahnhof von Orbetello auf mich? Panik. Hilflosigkeit und Bestürzung.

Als Retter aus der Not kommt Ascanio den Pfad um die Mauern heruntergestolpert, sieht mich nicht einmal, so eilig hat er es, ich rufe ihm »he!« zu, er dreht sich kaum um, rennt zu seinem Range Rover, holt eine Filmkamera heraus, läuft keuchend wieder zu mir herauf.

»Ciao Gea wie geht's hab' dich nicht gesehn Zahn besser?« sagt er in einer einzigen Sequenz.

Letztes Jahr in Giannutri, als ich einmal zufällig busenfrei mit ihm allein geblieben bin, ist er über mich hergefallen wie eine Steuerprüfung, und ich habe ihn mit einem Strahl Sonnenspray in die Augen außer Gefecht setzen müssen. Seit damals neigt er mir gegenüber zur Kürze.

»Besser, danke. Sind die andern alle schon da?«

»Pööh.«

Er fängt an, die Zyklopenmauern zu filmen, für die er sich nicht im geringsten interessiert. Aber er ist einer derjenigen, die buchstäblich ihren eigenen Augen nicht trauen, nur die reproduzierten Bilder scheinen ihnen real. Wir folgen dem Pfad, der unten an den aufgetürmten Blöcken entlangführt, kommen zu einem engen Aufgang, drei steile Tuffsteinstufen, Ascanio klettert hinauf und wendet sich um, als wolle er mir die Hand reichen, aber ich bin schon oben, sehe einen runden gelben Hügel voller Stoppeln und vertrockneter

Disteln und die ganze Heerschar im Schatten einer riesigen Eiche versammelt. Ich kenne kaum die Hälfte darunter, wie gewöhnlich sind frische Truppen herangezogen worden, Freunde von zufällig vorbeikommenden Freunden, und schon wie sie sich da niedergelassen haben, macht mich sauer, ich spüre sofort, daß von denen keiner mehr Lust hat, zu den Ausgrabungen hinaufzusteigen. Einige sitzen mißtrauisch auf den Disteln, andere stehen in Grüppchen herum, Carlos, der Diener der Berluschis, geht mit einer Kühltasche herum und bietet Weißwein in Pappbechern an.

Von meinem Sauersein abgesehen gebe ich zu, daß es mich immer beträchtliche Anstrengung kostet, mich körperlich unter die andern zu »mengen«, ob ich sie nun kenne oder nicht, mein Analytiker (wenn ich einen hätte) würde sagen, daß mein Unbewußtes (wenn ich eines hätte) eine Heidenangst hat, abgelehnt, zurückgewiesen, nicht bejaht zu werden.

Ascanio oder vielmehr seine Filmkamera zieht zum Glück die milde allgemeine Aufmerksamkeit auf sich, und ich kann mich unbemerkt einschleichen, hinter dem Rücken von Susi vorbei (die sich vielleicht absichtlich umgedreht hat, um mich nicht zu grüßen, offenbar ist sie noch wegen dieser Sache mit dem Gärtner beleidigt), zu Fabrizia gehen, ihr die Geschichte mit der Royal Navy und Gazzelloni berichten, die mir, muß ich sagen, noch schwer im Magen liegt. Sie hört mir kaum zu, antwortet mit zerstreuten ach wirklich, schau mal an, na so was, dreht den Hals hin und her wie eine Eidechse, es ist klar, daß ihr diese reizenden Engländer völlig Wurst sind, wären sie hier, würde sie sich natürlich kaum mehr einkriegen vor Eifer, sie mit Koloraturkaskaden von oh darling überschütten, sie verhätscheln wie Schoßhündchen, aber wer nicht da ist, ist eben nicht da, der existiert für sie nicht, wir sind alles austauschbare Figuren auf ihrem unzerstörbaren gesellschaftlichen Schachbrett.

Ich stehe total verärgert da, aber irgendwie fühle ich mich hier auch fehl am Platz, ich weiß nicht, das Ganze wirkt so zäh, so statisch, vielleicht hat sich mein Unbewußtes mehr Leben erwartet, mehr Bewegung, Belebtheit, nach all dem, wie ich mich abgehetzt habe, um herzukommen.

»Du bist so blaß, kommst du jetzt aus Mailand?« fragt mich streng Malvina, die an Sonnenbräune glaubt, wie Hitler an die Überlegenheit der arischen Rasse glaubte.

»Nein, ich bin bloß nicht viel draußen gewesen, mir macht ein Zahn zu schaffen, wenn es so weitergeht, werde ich mich wohl entschließen müssen, ihn –«

»Du Arme, du kannst doch aber übermorgen abend kommen? Wir machen die übliche Stehfete zum Geburtstag von Obo.«

Ist es das, was ich vergessen habe? Hat sie mich etwa schon mal angerufen und eingeladen? Ich glaube nicht, sie hätte das dann wohl ein bißchen anders formuliert, aber wie soll ich sie das nur fragen?

»Übermorgen – Moment mal – eigentlich schon, gern, aber ich rufe dich besser vorher noch mal an, ich glaube, ich bin schon so halb verabredet. Jedenfalls danke, wenn ich mich freimachen kann, komme ich bestimmt.«

Auf ihrem mahagonifarbenen Gesicht erscheint ein mißtrauischer Ausdruck, der sie in eine ihrer philippinischen Hausangestellten angesichts eines Tellers Agnolotti verwandelt.

»Haben dich die Janners eingeladen?«

Panik. Wenn ich ihr jetzt sage, daß ich es nicht weiß, ist es, als sagte ich ihr, die Einladung der Janners sei mir stinkegal und folglich ihre auch.

»Nein«, lüge ich. »Es war was mit englischen Freunden von mir, aber wir haben es nur so allgemein ausgemacht, ganz vage.«

Ihr Gesicht heitert sich auf, die Janners haben ihr schon zweimal eine Party sabotiert, indem sie einfach am selben Abend auch eine gaben, die Leute sind gefährlicher als die Roten Brigaden. Aber jetzt muß ich die Janners suchen und unbedingt herausfinden, ob sie mich eingeladen haben oder nicht.

»Sind die Janners da?«

»Ja, das heißt nein, ich hab' sie raufgehen sehen, die Ruinen besichtigen. Ich hatte nicht den Nerv dazu, es ist zu heiß, ich könnte umfallen vor Durst.«

Ihr Pappbecher ist leer, und sie geht die fünf Schritte zu Carlos hinüber, um ihn sich wieder füllen zu lassen.

»Kommt herunter!« brüllt Fabrizia mit ihrer Generalsstimme auf Deutsch. »Kommt sofort herunter!«

Ein paar weißblonde Kinder versuchen vergebens, auf die Eiche zu klettern, sie gehören offenbar zu jemandem unter uns, mein Gott, die haben wir jetzt den ganzen Tag auf dem Hals, sie werden Hunger haben, Durst, dann müde werden, dann wieder Hunger haben, wieder Durst, Pipi machen müssen, kotzen müssen, und das bis drei Uhr nachts, es graust dir noch, wenn du an deine eigenen in dem Alter denkst, zum Glück werden sie dann ja älter und fahren im Sommer nach England oder mit ihrem Vater nach Sardinien oder Jugoslawien, und du erholst dich trotzdem nicht, weil du dich die ganze Zeit doch fragst, ob sie jetzt wohl Hunger haben oder Durst, frieren, schwitzen, müde sind, bis drei Uhr nachts.

Carlos tut, als sähe er mich nicht, um sich die fünf Schritte durch die Disteln, die ihn von mir trennen, zu ersparen, aber ich habe sowieso keinen Durst, und dann muß ich ja die Janners finden und mir die Ruinen anschauen, wo ich schon mal da bin. Ich kündige an, daß ich jetzt raufgehe, keiner folgt mir außer dem finsteren Marchese.

»Zwanzigtausend!« offenbart Isa und lüftet zur besseren Besichtigung eine trostlose Halskette aus geflochtenen Baumwollbändchen vom Busen. »Und wenn ich hätte handeln wollen, hätte er sie mir für achtzehn gelassen.«

Es folgt ein heuchlerischer Chor von was, aber nein, nicht möglich, glaub' ich nicht, da geh' ich aber morgen sofort hin, ist ja praktisch geschenkt, und ich empfinde ein unvermutetes, blitzartiges Gefühl von, ich weiß nicht recht, Angewidertsein, Feindseligkeit, Ärger? Nein, vielleicht »Verschiedenheit«, obwohl ich ja tausendmal selbst die Hauptdarstellerin bei solchen Szenen abgegeben habe.

Stumm machen wir den Aufstieg, denn Gabbiani hat sich dem Schweigen verschrieben, wie andere sich dem Briefmarken- oder Münzensammeln verschreiben. Es heißt, er sei in seiner Jugend strahlend schön und brillant gewesen, doch jetzt ist er nur noch Haut und Knochen, bucklig und kahl und trägt eindeutig die groben Karohemden auf, die sein Gutsverwalter abgelegt hat. Der Geiz ist ihm sogar an dem dünnen Schnauzer abzulesen, dessen paar Härchen sicher einzeln gezählt sind.

Nach einer Weile lasse ich ihn mitleidslos weit hinter mir zurück, ich fühle mich frisch und leicht im Vergleich zu ihm, nur bereue ich es, dummerweise die Sonnenbrille im Auto gelassen zu haben, das Licht ist ungeheuer stark und irritiert mich, aber zum Ausgleich spüre ich den Zahn nicht mehr, hoffen wir, daß es so bleibt.

Ich komme schließlich zum Rand des Plateaus, wo einst die etruskische, dann die römische Stadt lag, und in diesem Augenblick werden mir die großartigen Ruinen durch die Entdeckung ruiniert, daß ich meinen Armreif – Early Victorian, Silber und Email – nicht mehr habe.

Stich ins Herz. Glühendes Eisen.

Der Verschluß ist aufgegangen (du wußtest

doch, daß er locker war, hast es aber immer wieder aufgeschoben, ihn reparieren zu lassen), er ist mir vom Arm geglitten und runtergefallen, wer weiß wo.

Wahnsinnige Wut.

Was machst du in einem solchen Fall? Zwingst du den armen Marchese, zurückzugehen und ihn Schritt für Schritt in den Stoppeln zu suchen? Und dann diese anderen Idioten, unter der Eiche rumzukriechen? Und dann diesen Büffel von Ascanio, unter den Zyklopenmauern nach ihm zu fahnden? Dieses Miststück von Fabrizia würde das machen, die würde auch die Straßenpolizei und die Carabinieri mobilisieren, aber du nicht, du bist zu wohlerzogen, zu höflich, zu nachgiebig, du atmest tief ein, schluckst, besichtigst nun trotz allem die Ausgrabungen, die Festungsgräben mit dem *opus reticulatum*, die erhaltenen Mosaikreste, die Säulenstümpfe und unterirdischen Wasserleitungen, die Türen, die man sich vorstellen kann, die ergreifenden Korridore, wo vor zweitausend Jahren vielleicht eine Frau wie du einen schlecht schließenden Armreif verloren hat (abgesehen davon, daß die Sklavinnen ihn ihr sofort wiedergefunden hätten).

Eine holprige römische Straße zur Linken herunter kommt Giorgio, voraus sein Bäuchlein, hintendrein seine französischen Filmschaffenden, zwei dünne Blonde um die fünfundzwanzig, mit einem Minimum an Sandalen und langen schlanken Füßen. Er beschirmt mit der Hand seine Augen, begrüßt mich, stellt mir die beiden vor (in Wirklichkeit sind sie Deutsche, aber sie sprechen gut französisch), fragt mich, was zum Teufel denn mit mir los sei, er findet mich so komisch, so blaß und verhärmt.

Ich sage es ihnen, und auf Französisch scheint es schon weniger tragisch.

C'est agaçant, rufen sie, vor Mitgefühl erschauernd. Aber wo kann das nur passiert sein? Auch im Schlafzimmer, auch auf der Haustreppe oder vielleicht beim Fahren, kommt mir in den Sinn. Voilà. Voilà. Einer der Cineasten zitiert einen ähnlichen Fall, der sich mit seiner Uhr zugetragen hat, welche, o Wunder, dann in einem Schuh wieder zum Vorschein gekommen ist.

Du gehst weiter, leicht agaçiert durch diese oberflächliche Solidarität, aber was hast du eigentlich erwartet, daß die ob deines Mißgeschicks in Tränen ausbrechen würden? Es fehlen dir jetzt empfindlich nicht nur der Armreif und die Sonnenbrille, sondern auch der Strohhut, den du blöderweise auf dem Rücksitz im Auto gelassen hast, das Licht hier oben blendet, die Hitze hüllt die ganze Maremmaebene bis zum Horizont in irisierenden Dunst. Du tröstest dich, indem du dir sagst, daß du die Wärme aber, verfroren wie du bist, kaum spürst, und wenn du auf diesen antiken Steinen ein bißchen ins Schwanken kommst, dann nur, weil dieser Absatz wackelt, den du dir beim Bremsen fast abgebrochen hast. Doch vorläufig hält er noch.

»Die Etrusker bauten immer in Höhenlagen«, sagt aus der Tiefe die Stimme des unvermeidlichen Micheletti, so genannt einmal, weil es unmöglich ist, ihm nicht zu begegnen, wohin du auch gehst, zum andern, weil noch kein einziger von ihm je gesprochener Satz belegt ist, der nicht vorhersehbar gewesen wäre, er ist wie die telefonische Zeitansage, es ist elf Uhr, sieben Minuten und dreißig Sekunden, es ist elf Uhr, sieben Minuten und vierzig Sekunden.

Du beugst dich über ein Geländer und siehst ihn ein oder zwei archäologische Schichten weiter unten, mit ihm Gabriele und eine atemberaubend schöne Mulattin, mindestens einen Meter fünfundachtzig groß.

Ist ja gut, du kennst das ja, Gabriele hat jeden Monat eine Neue wie die, niemand hat je begriffen, woher er sie nimmt (es wird auch behauptet, eine Pariser Public-Relations-Agentur besorge sie ihm, und er habe gar nichts mit ihnen, halte sie sich nur zum Angeben), aber es ist trotzdem ein harter Schlag für eine Frau von siebenunddreißig, einen Meter fünfundsechzig groß (nicht mogeln: einen Meter dreiundsechzig), die nie etwas Raubkatzenhaftes gehabt hat außer einer Schwäche für Tatar. Sehr viel wahrscheinlicher ist Gabriele ein Frauenhasser und führt diese Leopardinnen nur zu dem Zweck an der Leine spazieren, uns andere arme Frauen mit unserer Zellulitis und unseren Äderchen an den Knöcheln zu demütigen.

Und wie du sie so in ihrem smaragdgrünen Seidenkittel vor einem Hintergrund von Zyklopenmauern einherschreiten siehst, möchtest du dir sagen, daß solche Mädchen ein schweres Leben haben und gewöhnlich tragisch enden, durch Drogen, Mord, Alkohol, und daß in jedem Fall die Zeit, die staubige Zeit von Roselle, auch sie zermalmen wird, unerbittlich werden die Falten und Runzeln über sie kommen. Möchtest du wohl.

Besser, du denkst nicht darüber nach und machst dich wenig raubkatzenhaft mit einer Gruppe holländischer Touristen (klick, klick, klick) davon und hängst dich dann hinten an eine Gruppe schwedischer Touristen (klick, klick, klick, klick, klick), um ebenfalls zu den Ruinen des Zirkus hinaufzusteigen, einem rührenden kleinen Oval, einem von Steineichen und Olivenbäumen umstandenen Minikolosseum, das man durch vier perfekt erhaltene Galerien (*opus incertum*) betritt. Du gehst langsam einmal ganz herum, setzt dich in einen Streifen Schatten, meditierst wie der unvermeidliche Micheletti über Gladiatoren und Christen und Löwen, und allmählich saugt die Watte der Jahrhunderte alles auf, deinen lächerlichen Neid auf die Leopardin, deine Verzweiflung wegen des Armreifs, deine Gereiztheit, weil an diesem Tag alles schief zu gehen scheint.

Friede und Stille.

Du hast etwas vergessen; sollte dich heute morgen jemand in einer wichtigen Sache anrufen, hättest du unbedingt eine geliehene Stola zurückgeben müssen, hattest du versprochen, heute abend zum Bridge zu kommen, und wenn, bei wem bloß?

Ist doch egal. Gea pfeift drauf.

Ein vereinzeltes Schaf starrt sie von einem etruskischen oder römischen Steinhaufen herunter an, und Gea erinnert sich plötzlich (war es etwa das?) an eine schmale Straße im kahlen Norden Schottlands und an ein schwarzes Lamm, das blökend neben dem Kadaver seiner Mutter stand, die ein Auto überfahren hatte; und erinnert sich, damals (vor drei Jahren, oder sind es fünf?) gedacht zu haben, das Leben ist etwas absolut Grauenhaftes, absolut Unerträgliches.

Wer weiß, ob es heute mit den elektronischen Datenverarbeitungsmaschinen möglich wäre, festzustellen, wieviel Schmerz, wieviel Leiden es an einem Tag auf der Welt gibt? Soundsoviel für einen am Angelhaken gefangenen Fisch, soundsoviel für einen Abschied am Flughafen von Los Angeles, soundsoviel für einen Brustkrebs, soundsoviel für einen zerbrochenen Teller, für die kleinsten Kleinigkeiten, ein Brandbläschen, eine Bombe in einem Kino,ein verlorenes Basketballspiel in einem böhmischen Dorf. Vielleicht ist es schon gemacht worden, und die Ergebnisse werden geheimgehalten. Es kennen sie der amerikanische Präsident, das Politbüro, der Papst, die Geliebte des Chefredakteurs vom *Spiegel*, ein kurzsichtiger Professor, der in einem Kibbuz auf den Feldern arbeitet. Sie werden nicht sprechen, sie werden sie nie verraten, aber viele ahnen, daß sie existieren, stellen Nachforschungen an, es hat merkwürdige Verbrechen gegeben, unerklärliche Entführungen, scheinbar sinnlose terroristische Anschläge, und in gewissen Kreisen flüstert, ja scherzt man sogar über diese furchtbare Extrapolation, über diesen Computer des universalen Leidens.

In den Zirkus platzt Giovannino Valdo herein, behaart, muskulös und pockennarbig, wie es seine Leibwächter, die ihn vor Entführern schützen sollen, nicht sind, und sieht ganz so aus wie ein eifersüchtiger Ehemann, der seine Frau sucht.

So ist es tatsächlich, und es wird behauptet, er halte sich seine Gorillas vor allem, um sie überwachen zu lassen, und suche sich zu diesem Zweck pensionierte Carabinieri über fünfzig aus, kurzatmige Brillenträger, um wenigstens von dieser Seite her keinen Gefahren ausgesetzt zu sein.

Er späht grimmig, mit der Hand die Augen beschirmend, in meine Richtung und erkennt mich schließlich unwillig (es wäre ihm recht gewesen, Beba hier in einsame Betrachtungen vertieft zu finden), kommt resolut auf mich zu.

»Hast du Beba gesehen?«

»Nein.«

Seine intelligenten Schweinsäuglein taxieren meinen Grad an Unehrlichkeit.

»Du bist blaß, ist dir nicht gut?«

Blässe = Lüge.

»Nein, ich bin nur ein bißchen müde, ich habe einen anstrengenden Vormittag hinter mir.«

»Aha.«

Müdigkeit = begangener Ehebruch.

»Hör zu, wenn du sie siehst, sag ihr, daß du mich gesehen hast, es sollen alle runterkommen, wir fahren jetzt.«

Im Galopp biegt er in die nächste römische Galerie ein, in der Hoffnung und Furcht, Beba in einer Umarmung (*opus pornographicum*) zu überraschen.

Aus dem gegenüberliegenden Tunnel schießt Ascanio in die Arena, nun nicht mehr Fotograf, sondern Schäferhund, Fabrizia muß ihn hier heraufbeordert haben, um die Herde zusammenzutreiben, und nach mehrmaligem Rufen und Herumfuchteln und Winken, los, los, alles runterkommen zum Sammelplatz, setzen wir uns in Bewegung und drehen hie und da noch einmal den Kopf zurück mit dem Gefühl, einem uns ganz zart anwehenden kalten Hauch eigentlich nur, etwas von lebenswichtiger Bedeutung ausgelassen, das Wesentliche nicht gesehen zu haben, es geht einem mit allen Ruinen so.

»Die Etrusker«, bemerkt Micheletti, »hatten eine enge Beziehung zum Tod.«

Aber auch zum Vögeln, kontert Ascanio und führt genußvoll die Fresken gewisser Gräber, gewisse bizarre Stellungen an. Ach, aber das etruskische Vögeln hatte doch eine ganz andere Bedeutung, das war zutiefst religiös, sublim sakral.

»Bei so einer Religion«, sagt Ascanio, den Blick auf den seidenen Po der Mulattin heftend, »ginge ich jeden Morgen um sechs zur Messe.«

Der Marchese und Gabriele prusten.

Ich bleibe hinter ihnen zurück, um nun nicht die unvermeidlichen Exkurse über Erotik, Pornographie, Sex, Moral, Feminismus und so weiter mitanhören zu müssen, bei denen ich doch selbst nicht selten mit feuriger

Oberflächlichkeit mitgemacht habe. Hinter mir gehen Giorgio und seine Jungfilmer und unterhalten sich über den Palio von Siena, wo die Bestechung unter den rivalisierenden Contraden ganz offen zugelassen ist, sozusagen zu den Spielregeln gehört und man vor dem Start die Jockeys auf ihren tänzelnden Pferden noch mit knappen, ritualisierten Gesten komplottieren, sich Millionenangebote und Bündnisversprechen beim Rennen machen sehen kann. Aber da alle alle bestechen, schließt Giorgio, kommt es am Ende wieder auf eins heraus, ça revient au même.

Die beiden Filmschaffenden bewundern die zynische toskanische sagesse. C'est curieux, bemerkt der eine, daß auch im Taoismus so etwas Ähnliches ausgedrückt ist, wo jeder Vorteil über die andern als illusorisch und jede démarche, die man unternimmt, um ihn sich zu verschaffen, als lächerlich betrachtet wird, c'est curieux, daß zwei so weit voneinander entfernte Kulturen, über so verschiedene Wege...

Schwarz vor Neid könnte ich immer werden angesichts dieser Fähigkeit, die manche haben, ganz lässig solche Aussprüche fallenzulassen, die entferntesten Phänomene zusammenzubringen, anmutig wie Grasmücken auf dem grünen Rasen der Kultur herumzuhüpfen. Unbeholfen bin ich mir immer vorgekommen. Unbeholfen und ungebildet wohlgemerkt, abgesehen davon, daß ich auch ganze Bibliotheken gelesen und sämtliche Filme, Kunstdenkmäler, Museen und Tragödien in fünf Akten gesehen haben könnte und es mir trotzdem nichts nützen würde bei meinem Gedächtnis.

Händel! Nicht von Haydn, von Händel! Den *Tamerlan* meine ich. Also das ist es, was mich seit einer Stunde quält, also deswegen hat sich mein Unbewußtes so abgestrampelt. Ich streichle ihm dankbar das Köpfchen, steige schnell und stolz den Berg hinab, eile wie ein kühles Wässerchen zu Tal, durch erhitzte Scharen, die sich hinaufschleppen, der Hohlweg zwischen den Tuffsteinwänden liegt zwar zum größten Teil im Schatten, aber hier regnet es im Sommer nie, die stickige Hitze von heute lagert über der von gestern, in nachgerade sichtbaren Schichten.

Wir kommen auf die kleine Lichtung, wo kreuz und quer unsere Wagen geparkt sind, und ich sehe meinen nicht mehr.

Also nein, das war es. Ich habe die Schlüssel im Auto steckenlassen, und jetzt ist es geklaut worden. Das war es.

Verzweiflung, während alle andern wild durcheinanderbrüllen, also dann fährst du mit ihnen, ich fahre bei ihm mit, wir fahren mit ihr, ihr kommt mit mir, sollten sie nicht bei dir mitfahren?

Der Rolls-Royce ist schon weg, und als mein Verstand wenigstens wieder ansatzweise zu arbeiten anfängt, überlege ich, was geschehen sein könnte: Mein Kombi hat vielleicht Raffaele die Ausfahrt blockiert, und er hat ihn weggefahren und irgendwo abgestellt. Ich stürze mich in die Staubwolke der Rückwärtssetzenden, schlängle mich zwischen Rädern, Stoßstangen, Schutzblechen, Scheinwerfern, Blinklichtern durch, streife Hände, die sich aus den Wagenfenstern nach mir ausstrecken, höre nicht, was mir zugerufen wird, denke mit keinem Gedanken daran, was ich machen werde, wenn ich mein Auto nicht wiederfinde.

An einem hohen Ginsterbusch lehnt ein Rennrad, der Sattel spitz zulaufend wie ein Maulwurf, die Lenkstange stoßbereit wie ein Steinbock, und aus dem Gebüsch taucht ein alter Mann auf, der sich gerade die Hose seines Trainingsanzugs hochzieht und verdutzt die Augen aufreißt. Einen Augenblick lang starren wir uns an, er hat blaue Augen, kurzes schlohweißes Haar, ein sonnenverbranntes Gesicht, und ich bin so völlig außer mir, daß ich drauf und dran bin, ihn zu fragen, hören Sie, Entschuldigung, haben Sie vielleicht meinen Wagen gesehen, aber was kann der schon wissen, der ist ja bloß mit seinem Rad hierhergestrampelt, um abzunehmen, zu schwitzen, sich die Zeit zu vertreiben, vielleicht ist er früher Radsportler gewesen, ein Rennas auf dem Stahlroß und so weiter.

Ich tappe hierhin und dorthin wie eine Blinde ohne Hund.

Als ich soweit bin, alles hinzuschmeißen, aufzugeben, mich schicksalsergeben auf die Brennesseln sinken zu lassen, erscheint er wieder, mein alter, nie gewaschener Kombi, ich hatte ihn praktisch die ganze Zeit vor der Nase, das heißt, er steht unter einem Olivenbaum von der Art, die Micheletti nicht zögern würde, als »natürliche Skulptur« zu bezeichnen.

Ich springe keuchend hinein, der Schlüssel steckt noch.

Explosionsartiger Seufzer der Erleichterung, gefolgt von neurotischem Kichern.

Daraufhin wirst du wieder ernst, schließt die Augen und sagst dir, daß heute irgend etwas mit dir los sein muß, du bist so aufgeregt, so reizbar, gerätst bei jeder Kleinigkeit, die nicht klappt, völlig aus dem Häuschen.

Überlegen, Schritt für Schritt alles rekonstruieren.

Als erstes nachsehen, ob der Armreif nicht doch tatsächlich unter die Fußmatte gerollt ist oder zwischen die beiden Vordersitze.

Nein, nichts.

Dann Sonnenbrille aufsetzen, liegt mit dem Strohhut auf dem Rücksitz.

Aber weder das eine noch das andere ist da, es handelt sich bestimmt um Diebstahl, ein offenes Wagenfenster ist bekanntlich eine Einladung für Wespen und Gelegenheitsdiebe, in Gottes Namen, deine eigene Schuld, obwohl dieser nichtsnutzige dumme Arsch von Raffaele ruhig ein bißchen hätte aufpassen können, was hätte ihn das schon gekostet.

Jetzt wenigstens im Rückspiegel dein Gesicht anschauen, du mußt fürchterlich aussehen, aber die Hände zittern dir noch, es gelingt dir einfach nicht, den Spiegel in die richtige Stellung zu bringen, der Winkel ist immer falsch, und so rutschst du auf den Beifahrersitz, klappst den Blendschutz herunter, in dessen Rückseite auch ein Spiegelchen eingelassen ist, und in diesem Augenblick siehst du aus den Augenwinkeln einen Geist am Lenkrad sitzen.

Nein, sag' ich, es gibt Grenzen.

Ich schreie. Zwar völlig lautlos, aber ich schreie.

Die Konstellationen zerfallen, die Atome hören auf zu tun, was sie tun müßten, die ganze Geschichte (die was?) hält nicht mehr, bricht auseinander, ich habe vergessen, die Janners zu suchen, Obo zu begrüßen, diese Engländer abzuholen, das Kokoseis in den Kühlschrank zu stellen, die Kinder von der Eiche runterzurufen, mich mit den anderen in Pienza zu treffen, in einer Trattoria, wo man zu einem Spottpreis sagenhaft gut ißt, bei Guccio, der uns alle auf seinem Bauernhof im Val di Chiana erwartet, bei Margaret, die uns alle in ihrem Sarazenenturm bei Volterra erwartet.

Das Leben ist schon von Natur aus ungenau, aber das hier sind zu viele Leerstellen, zu viele Vagheiten, zu viele verstreute Bruchstücke, das ist das Chaos, das namenlose Durcheinander.

Zusammengekauert sitze ich neben dem Geist und schreie.

Er dreht ruhig den Zündschlüssel, und ruhig springt der Motor an.

Die Krise legt sich.

»But this is my car!«

Und noch während ich das rufe, wird mir

klar, daß das gar nicht mein Wagen ist, sondern ein anderer, dasselbe Modell und hellblau, und einen Moment später wird mir klar, warum ich englisch gesprochen habe, der Geist ist einer von Giorgios Cineasten, na gut, ich hätte es ihm auf Deutsch oder Französisch sagen sollen, aber für jemand in deiner Verfassung war das schon gar nicht übel.

Dann war es also so: Dein Kombi war im Weg, und derjenige, der ihn weggefahren hat, ist gleich mit ein paar anderen weiter und hat dem da den Auftrag gegeben, dich mitzunehmen. Alles ganz normal, alles einfach, alles in Ordnung, und du lachst jetzt (völlig lautlos) über deinen Irrtum, der sich zum großen Teil dadurch erklärt, daß dieser Jüngling wie du ganz in duftiges, durchsichtiges Weiß gekleidet ist und etwas Schmachtendes, Ätherisches hat, na klar, als Freund von Giorgio, naturellement. Er lenkt das Auto völlig lautlos mit einer Hand und lächelt vor sich hin und erspart dir die Mühe einer Unterhaltung, die du jetzt nicht einmal auf Italienisch zustande brächtest, so durcheinander und beschämt, wie du noch immer bist.

Kilometer um Kilometer Olivenbäume, nickelblauer Himmel, Zypressenreihen auf den Hügelkuppen, und du lehnst dich endlich entspannt in den Sitz zurück und läßt ganz allmählich die unzähligen Ungenauigkeiten der Welt von dir abtropfen.

Es fehlt immer etwas, nie scheint etwas je zu gehen, wie es sollte. Aber weißt du, ich sag' dir was, mein Lieber, mon cher, Gea ist das völlig Wurst, Gea pfeift darauf, ja, Gea findet das sogar jetzt langsam komisch, ihr alter Sinn für Humor funktioniert noch, schauen wir nur ruhig mal zu, wie der Kreisel dieses total verrückten Tages, dieses total alltäglichen Tages sich weiterdreht, der ihr da zwischen die unter dem dünnen indischen Baumwollstoff verschwimmenden Beine gerollt ist.

Die Luft, die durch das Wagenfenster hereinweht, ist glühheiß und willkommen, mir kann es gar nicht zu warm sein, wenn ich jetzt auch nicht gern auf dem ockerbraunen Hügel dort wäre, die drei, nein, vier Reiter dort oben müssen ja vor Hitze krepieren, die Armen, es ist doch immer das gleiche mit diesen Ausflügen zu Pferde, da schwört man sich hoch und heilig, beim Morgengrauen aufzubrechen und um zehn wieder zurück zu sein, und nach zahllosen Verspätungen und Auseinandersetzungen über den richtigen Weg schleicht man dann schließlich unter der mörderischsten Sonne und mit leerem Magen als Staffagefigur durch den Hintergrund halbverblichener Fresken wie bei Bartolomeo di Tomaso, Lorentino d'Arezzo, Deodato di Bicci, Baccio da Settignano, unfaßlich, wie Giorgio das nur macht, diese Maler zu unterscheiden, bei dir in deiner Unbildung reicht es allerhöchstens für Raffael und Botticelli.

Die Fahrt wird langsamer. Eine Abzweigung. Die Fahrt wird wieder langsamer. Wieder eine Abzweigung mit einem Lokal (Bar, Tabakwaren, Eis). Die Wegweiser nennen weitere Herkunftsorte abblätternder, stockfleckiger Künstler, Arcidosso, Buonconvento, Poggiolungo, Montalcino, San Quirico d'Orcia.

Das ist ja der Ort, wo wir hinwollen, fällt mir wieder ein, dort ist die sagenhafte Trattoria mit Pergola und Blick auf irgendein grandioses Tal.

Auf der Piazzetta vor der Trattoria hat man zunächst einen Blick auf den Rolls-Royce, aber auch unter den Autos, die sich um ihn scharen, sehe ich meines nicht, wahrscheinlich haben sie es in einem der angrenzenden malerischen mittelalterlichen Gäßchen abgestellt. Der schöne Schweigsame hält an, läßt mich aussteigen und fährt weiter auf Parkplatzsuche, ich durchquere einen Wespenschwarm verwirrt herumsummender Kellner und trete auf die üppig grünende Terrasse heraus, wo bereits dichtgedrängt fünfhundertzwanzig Kauende sitzen.

Von der Höhe ihres langen nackten Halses herunter sieht mich Ippolita an.

Einen Augenblick lang erstirbt alles, das Tellerklappern hört auf, Gläser und Bestecke hängen halberhoben in der Luft, kein Strahl ergießt sich mehr aus Wasser- und Weinflaschen.

Ein Augenblick. Sie grüßt dich nicht einmal andeutungsweise und du sie auch nicht.

Ein Augenblick, und dann schallt wieder

Gelächter und lautes Stimmengewirr von den dicht besetzten Tischen her, und du entdeckst, überrascht und ein bißchen melancholisch, daß es dir nichts mehr ausmacht, die Narbe ist endgültig verheilt, der unverzeihliche Verrat deines Mannes (unverzeihlich, weil so banal, so bürokratisch), der dich mit deiner besten Freundin betrogen hat, kommt dir jetzt weiter entfernt vor als der kaum mehr sichtbare Kirchturm zwischen den beiden Hügeln dort am Horizont.

Es ist kein freier Stuhl mehr da, kein Mensch hat daran gedacht, dir einen freizuhalten, und alle sind sie so total damit beschäftigt, Probierhäppchen Wildschweinschinken und Probierlöffel voll Gemüsesuppe auszutauschen, Meinungen über die Crostini, Informationen über den Hasen in Oliven und die Tortelli di magro, ihre Bestellung wieder umzustoßen, sich das Salz und das Brot rüberzureichen, zu beschließen, heute Diät Diät sein zu lassen, es zu bereuen, nicht die Penne alla ricotta gegessen zu haben, alle nehmen sie ihre leiblichen Obliegenheiten derart ernst, daß sich nicht ein Arm hebt, um dir zuzuwinken, nicht ein Hintern, um dir Platz zu machen, und hättest du nicht sowieso überhaupt keinen Hunger, wäre dieser Empfang wirklich der Gipfel der Ungehobeltheit und Unverschämtheit.

»Der Käse aus Pienza«, sagt Micheletti, während du den Fressern den Rücken kehrst, »ist der beste in der ganzen Toskana.«

An der Glasscheibe der Tür klebt ein Plakat mit der Ankündigung eines Gazzellonikonzerts, darüber spiegelt sich dein tatsächlich recht ausgeblichenes, tatsächlich ein wenig leidendes Gesicht, nach drei Tagen ist bei dir alle Farbe wieder weg, bei deinem Hauttyp ist das eben nicht anders, bloß gut, daß wenigstens dieser verdammte Zahn Ruhe gibt.

Pienza ist aber auch ein spätbarockes, early Victorian, gotisch-etruskisches Juwel, errichtet von Enea Silvio Piccolomini, Humanist, Romanverfasser, Filmschaffender, Papst, und du wanderst nun herum und bewunderst Fassaden und schattige, feierliche Innenhöfe voller geparkter Kleinwagen und Scharen bar-

barischer Touristen, klick, klick, klick. Wilde steinerne Bestien umklammern sich seit Jahrhunderten vor dem Portal der Kathedrale, Basilika, Kollegiatkirche, und weißblonde Kinder hüpfen auf den Stufen herum. Ob sie wohl Durst haben? Oder Hunger?

»Kommt herunter!« ruft ein deutsches Au-pair-Mädchen. »Kommt sofort herunter!«

In einer Bank im hellen, kahlen Kircheninnern sitzend (nur ein Triptychon von Pietro di Sano, Fredi di Bartolo, Andreuccio di Lapo), erinnert sich Gea plötzlich an ein gälisches Au-pair-Mädchen aus Nordschottland, einen Meter fünfundachtzig groß, unförmig, ein wahrer Elefant, von sagenhafter Trägheit, Untüchtigkeit und tränenreicher Hysterie, Fiona hieß sie, Fiona, und einmal, als sie an ihrem freien Tag wie üblich stundenlang das Badezimmer besetzt gehalten hatte und endlich lächelnd und in voller Kriegsbemalung wieder herauskam, hatte Gea, fällt ihr jetzt wieder ein, gedacht (es war wie eine blendende Erleuchtung, eine Offenbarung, aber wovon?), sieh mal, für Fiona, für die arme, fette, pickelige, lächerliche Fiona gibt es auf der ganzen Welt nichts Wichtigeres als Fiona selbst, es ist unglaublich, phantastisch.

Im linken Kirchenschiff ruht in einer Marmorrüstung Heinrich von Nassau, auf der Heimreise von Rom in San Quirico d'Orcia an der Pest gestorben, Bett 718, o Gott.

Und da sind die andern wieder, voller Kalorien und Verdauungssäfte, mit Fasern vom Hasenbraten zwischen den Zähnen und verzehnfacht hallenden Stimmen unter den Spitzbögen und Kuppeln.

»Il faut absolument voir San Galgano.«

»Sant'Antimo ist die schönste Kirche der ganzen Toskana.«

»Vous connaissez Vézelay?«

»Sag bloß, du warst noch nie in Monte Oliveto?«

Die Schönheit, die Vollkommenheit, das absolute Meisterwerk sind immer anderswo, ein paar Kilometer weiter, hinter der Abzweigung dort, gleich unten an der Kurve.

Guccio sieht vom Hauptaltar aus intensiv zu mir herüber, zögert, tritt auf mich zu, bleibt wieder unschlüssig stehen, geizt dann nicht mit seinem Lächeln.

»Du bist es also wirklich.«

»So scheint es.«

Er beugt sich grauhäuptig vor, um mir sentimental die Hand zu küssen, setzt sich zu mir auf meine Bank.

»Ich hab' dich erst gar nicht erkannt, du hast dir die Haare wachsen lassen.«

Er streift sie leicht.

»Ja, wie du siehst.«

»Du siehst immer wieder wunderbar aus, dieses Mauve ist so zart, so...«

Er lüftet mit Daumen und Zeigefinger einen Zipfel meines Ärmels, ich zucke mit den Schultern.

»Ich hab' es an so einem marokkanischen Stand gekauft.«

»Streichelzart.«

Er streichelt mir den Arm. Keinerlei Empfindung.

Gleich nach dem großen Kladderadatsch mit Roby haben wir beide zusammen eine Woche in London verbracht, aber Guccio ist ein Mann, der immer genau die Dinge sagt, von denen eine Frau träumt, daß sie ihr gesagt würden, und wofür sie sich im Grunde schämt. Am vierten Tag schon war unser Verhältnis total irreal geworden, ich hatte das Gefühl, mit dem Tagebuch, das ich als Vierzehnjährige geschrieben hatte, ins Bett zu gehen.

»Ich wußte gar nicht, daß du auch dabei warst, ich habe dich bei den andern nicht gesehen.«

»Ich bin spät gekommen, es ist heute alles so durcheinandergegangen, und dann hatte ich keinen Hunger.«

»Ich finde dich so… so rätselhaft, sehr aufregend.«

Er schmeichelt nicht, er sagt die Wahrheit, ist immer ganz aufrichtig, meint tatsächlich, was er sagt, und das ist im Grunde genau das Langweilige an ihm. Aber wie damals ist es jetzt erholsam, nachzugeben, sich auf dieses weiche Kissen zärtlicher Fürsorglichkeit sinken zu lassen, mit ihm in das inzwischen milder gewordene Licht hinauszutreten, es in seine schönen Hände zu legen, die Komplikation mit dem Auto zu klären und zu lösen, mit ihm zwischen honigfarbenen Mauern zu seinem Wagen zu gehen, sich die Tür öffnen zu lassen, es sich in dem nach Leder und Tabak duftenden Inneren bequem zu machen.

Im Fond sitzt bereits Klaus Janner, der eine Zigarre raucht und sich zufällig hier niedergelassen hat oder auch dank irgendeinem taktischen Manöver von Fabrizia. Du mußtest ihn doch irgend etwas fragen, aber das ist jetzt nicht wichtig. Du stellst überrascht fest, daß du den ganzen Tag noch keine einzige Zigarette geraucht hast, aber du hast auch jetzt keine Lust dazu. Aus den Augenwinkeln kriegst du mit, wie Malvina in ein Auto steigt, an dessen Steuer Ippolita sitzt, Giorgio vom Wagen der Berluschis in den Rolls-Royce der Valdos überwechselt, Micheletti hinter dem Range Rover Ascanios herläuft, und dann bist du wieder zwischen Hügeln und braunen oder goldgelben Feldern, Zypressen, Olivenbäumen, Oleanderbüschen.

Eine Abzweigung mit einem verlassenen Bauernhaus, der Hof von Unkraut überwuchert. Noch eine Abzweigung, daneben ein Autofriedhof, Schrott, der aus schmelzendem Wachs zu bestehen scheint, wie auf den Bildern von irgendeinem Maler. Du hast diesen Gedanken schon einmal gedacht, hast schon einmal den Alten im Trainingsanzug neben seinem Rennrad angestarrt, schon einmal die weidenden Schafe dort zwischen den Ginsterbüschen gesehen, schon einmal Klaus und Guccio über Kommunismus diskutieren gehört.

»Ich versteh' dich nicht, ich kann einfach nicht begreifen, wie du Kommunist sein kannst.«

»Ja, aber in Italien ist der Kommunismus...«

»Der Kommunismus ist überall gleich, in Rußland, im kommunistischen Deutschland, in Kuba, in Bulgarien. Erst große Versprechungen, große Pläne, nicht? Danach Plan nix funktioniert, und dann sucht man Verräter, nicht? Sucht Volksfeinde, kommt zu Guccio, und Guccio, zack...«

Mit der Zigarre macht er die Geste des Kehledurchschneidens.

Guccio lacht, auch dem Kommunismus gegenüber hat er eine zuvorkommende, galante Haltung, würde ihn am liebsten zum Abendessen in seine Villa mit dem berühmten arabischen Garten einladen und ihm sagen, du bist so schön, so stark und intelligent, du bist gerecht, das Rot da steht dir großartig, und dein Plan da ist einfach todschick.

»Das Hauptproblem ist, daß es in Italien noch zu viele Arme gibt, zu viele Klassenunter...«

»Und wo sind bitteschön diese Armen? Ich geh' ins Restaurant, immer voll, die Strände sind voll, die schönen Geschäfte sind voll, alle Leute hervorragend angezogen, mein Gärtner hat zwei Autos, nicht? Ich finde keinen Maurer für eine kleine Arbeit, den interessiert das nicht, der ist zu reich, kannst du mir das erklären, ja? Wo sind die Armen, im Museum?«

Für Klaus sind die Ferien in Italien eine nie versiegende Quelle der Empörung, des bitteren Verdachts, daß er und seine Landsleute bloß schuften, damit wir, die schlauen Grillen Europas, absahnen können. Guccio lacht gutmütig, spricht von Gastarbeitern, verlassenen Bauernhöfen, bankrotten Fabriken, Klaus zieht sarkastisch an der Zigarre, spricht von Streiks, Absentismus, Steuern.

Unwandelbare Reden, ewig wie die Landschaft. Die Sonne geht unter, lange Wasserfächer drehen sich mechanisch zur Besprengung bebauter Felder, blaue Berge begrenzen auf allen Seiten den Horizont, schwingen weiter vorn in busenförmige Erdhügel aus, in denen die Etrusker ihre Totenstädte gruben. Immer in Höhenlagen.

Alles scheint schon einmal gesagt, gedacht, gesehen, die vier Reiter, die sich dort unten scharf vom Himmel abheben, sind vielleicht dieselben wie vorhin, haben toskanische Jahrhunderte durchritten, um sich den *Tamerlan* von Händel anzuschauen.

Unterhalb von Montepulciano dann allgemeiner Halt, verworrene Debatte mit Hupkonzert, um zu entscheiden, ob, ja oder nein, auch die Kirche von San Biagio besichtigt werden soll, wo wir doch schon mal da sind, ein Juwel der Renaissancearchitektur, ein Meisterwerk von Poliziano, von Sangallo, von Sodoma, von Micheletti. Doch dann heißt es nein, es ist zu spät, besser, wir kümmern uns jetzt um die Karten und schauen mal, wo man nach der Aufführung essen kann (schon wieder!).

Ich steige mit Klaus aus, während Guccio auf Parkplatzsuche weiterfährt (schon wieder!), und wandere die noble Straße zur Oberstadt hinauf, zur Kathedrale und zur Piazza für die Freilichtaufführungen. Zwischen den zur Hälfte wie reife Aprikosen erglühenden, zur Hälfte wie Aschenroste erloschenen Palazzi marschiert die aufgekratzte Festspielmenge, in lang, in kurz, in Hosen, in Hemdsärmeln, mit und ohne Schmuck, mit und ohne Stola, Umhang, Poncho, Wolljacke. Zahnlose alte Frauen und stubenbleiche Ladenbesitzer sehen sich die Parade an, ohrenbetäubend knattern Mopeds zwischen den Invasoren durch.

Auch du, sagt dir ein Schaufenster voller Käselaibe (der beste in der ganzen Toskana), auch du bist entschieden blaß, ausgeblichen, hast seit dem Mittelalter nichts mehr gegessen, und dieser Tag der Aufregungen und Wechsel von einem Auto ins andere hinterläßt jetzt allmählich seine Spuren in deinem Gesicht, ja, und dieses Mauve, praktisch ein Violett, macht es auch nicht gerade besser, die Farbe steht dir nur, wenn du in Hochform bist, das Ärgerliche ist, daß du deine Handtasche in Guccios Wagen vergessen hast oder vielleicht sogar schon im Auto des Jungfilmers, seit der Renaissance hast du nicht mehr geraucht und dir die Lippen nachgezogen, und Gott weiß, wie dringend sie es nötig hätten, nach allem, was du durchgemacht hast.

Na wenn schon, ist jetzt auch egal, Gea wandert ohne Anstrengung weiter, sieht, wie nach und nach die Sonne die höchste Fensterreihe fallenläßt, kurz auf den Dächern der endlosen Straße verweilt, verschwindet. Die Piazza vor der Kathedrale liegt schon völlig im Schatten, und Gea erschauert. Auf den Holzstufen, die zur Freilichtbühne hinaufführen, hüpfen weißblonde Kinder unermüdlich auf und ab. Sie werden doch nicht fallen, sich nicht weh tun?

»Oh, hello!«

Gea versteinert, der Tag, die Welt scheint sich in einem kosmischen Pedaltritt nach hinten zurückzudrehen.

Oh you, oh yes, oh well, oh dear!

Ja, sie sind es, die Engländer von heute morgen und dazu die anderen zwei, die Zucchiniholer, die vollständige Besatzung der *Rasselas II*, und Gea wird es schwarz vor den Augen, sie schnappt nach Luft, klappert mit den Zähnen, ein gräßlicher Zweifel, ein ungeheurer Verdacht läßt ihr das Blut erstarren.

Was hast du bloß gemacht, was hast du geglaubt, was hast du vergessen, was ist passiert?

Energisch tritt Fabrizia zu ihnen.

»Gea, wo hast du denn gesteckt, den ganzen Tag schon verschwindest du, mal bist du da, mal bist du nicht da, was machst du bloß, was ist los mit dir?«

Ein Irrtum, ein Versehen, eine fatale Entstellung arbeitet sich zutage, eine viel zu lange unterdrückte Wahrheit ist im Begriff zu explodieren, um die ganze Bedeutung dieser zusammengestoppelten, diffusen Stunden zu verändern.

»Gazzelloni«, stammelt Gea.

Oh yes, oh indeed, oh my goodness, oh noooo!

So ist es. Die Engländer haben zufällig im letzten Moment noch entdeckt, daß Gazzelloni heute abend auf der Piazza von Montepulciano spielt, nicht in Massa Marittima, es muß ein Mißverständnis gegeben haben, eine Programmänderung, eine Datenverwechslung, ein organisatorisches Manko. Aber wo zum Teufel wird denn jetzt der *Tamerlan* gegeben? Der *Tamerlan*, erklären überlegen die Engländer, wird in den Ruinen eines Klosters in Batignano aufgeführt, ganz in der Nähe der Ruinen von Roselle.

Nein, unmöglich, das ist die Höhe, das gibt es doch nicht, ça n'existe pas.

Bloß scheint es jetzt allen, sie hätten es doch gewußt, gedacht, auf den gelben Plakaten gelesen, die in jedem Dorf, an jeder Abzweigung, wo sie vorbeigekommen sind, angeschlagen waren, ja wirklich, nämlich ich habe mir dann gedacht, ich habe zu Beba gesagt, Ascanio und ich haben uns noch gefragt, ob...

»Wir sind eben in Italien«, bemerkt mit philosophischem Lächeln Micheletti.

Italien, das Land der absoluten Meisterwerke und der absoluten Desorganisation.

Fabrizia ist aschfahl geworden wie der von

Nelson bei Trafalgar geschlagene Admiral, aber sie ermannt sich wieder, schaut prüfend zum Himmel hinauf, auf die Uhr am Handgelenk, noch ist nicht alles verloren, Händel expects that every man will do his duty, los, los, vorwärts, wir können noch rechtzeitig dort sein, schnell, marsch, marsch, wir laufen jetzt zu den Fahrzeugen, springen rein, wie es gerade kommt, geben Gas, die Nacht ist noch nicht hereingebrochen, Tamerlan reitet noch ferne violette Strände entlang.

Guccio und seine Zufallsbegleiter machen sich in Richtung Heimatscholle davon, Ippolita und ihre Gruppe bleiben zum Gazzelloni-konzert, es webt sich ein Spinnennetz von Abschiedsgrüßen, Einladungen, Versprechen, sich wieder zu treffen, das Fabrizia aber resolut zerreißt, marsch, marsch, los, auf geht's zum Parkplatz, kommt sofort herunter.

Von ihrem Eckplatz im Wagen (von wem?) sieht Gea den ersten Stern und die ersten Scheinwerfer in den Kurven aufleuchten, und plötzlich zieht sich etwas wie Angst in ihr zusammen, wie eine glühende Nadel sticht es in ihre Müdigkeit und Vergeßlichkeit, da fährt einer zu schnell, da könnte einer die Herrschaft über den Wagen verlieren, ins Schleudern kommen, gegen eine Olivenbaumskulptur prallen. Aber es beunruhigt dich und auch wieder nicht, du bist da und auch wieder nicht da, irgend etwas scheint zu schwinden, irgend etwas scheint sich zu entleeren, keiner in dem brummenden, quietschenden Fahrzeug macht den Mund auf, alle haben offenbar wie du nur noch Sehnsucht, nach Hause zu kommen, schlafen zu gehen, alles sein zu lassen, aufzugeben.

Gea kauert sich fröstelnd zusammen, tröstet sich mit dem Gedanken, daß wenigstens die Sonne sie nicht mehr quält.

Kurven, Abzweigungen, phosphoreszierende Wegweiser, Prozessionen roter Lichter auf den geraden Strecken, abnehmende Kilometerzahlen auf den Straßenschildern, Batignano ist nicht mehr weit, Batignano, das sind die Lichter auf dem Hügel dort oben, gleich steigt nun der große Tataren- oder Etruskerkönig vom Pferd und tritt in die Gänge seines schwarzen Palastes.

Gerade noch in letzter Minute geschafft.

Alle spritzen wie von Insektenspray angesprühte Ameisen aus den Autos, drängen sich in den zerfallenden Kreuzgang des alten Klosters, schon ertönen die ersten Cello- und Geigenakkorde, hier durch, nein dort, nein dort hinten beim Portikus, schnell, schnell, es fängt an!

Zwei zerraufte Mädchen hinter einem wackligen Tischchen lassen dich ohne weiteres durch, Fabrizia hat anscheinend für alle Karten besorgt, und nach einer Tür, einem Korridor, einem kleinen Saal, wieder einer Tür, endlich: ein paar erbärmliche Stuhlreihen zwischen zwei rissigen Mauern, Sternenhimmel, ein Gerüst aus Röhren und Brettern an der Klostermauer, von starken Scheinwerfern angestrahlt.

Ein kleines Orchester junger Frauen, wie du in schwarzem Chiffon, begleitet den Gesang eines Mädchens und eines in Ketten gefesselten Alten. Wer sind sie? Was geschieht? Feuerzeuge und Streichhölzer blitzen auf, um die dreisprachigen Programmheftchen zu beleuchten, geflüsterte Erläuterungen laufen von Giorgio zu Malvina zu Obo zu Beba zu Berluschi.

Keiner erklärt dir was, keiner dreht sich zu dir um, die ganz allein in der hintersten Reihe sitzt, aber dein Interesse ist sowieso geschwunden, hat sich entleert, du willst sie gar nicht wissen, diese andere Geschichte, diese andere Handlung, diese andere Verwicklung von Gefühlen und Schicksalen, ein Rätsel ist so gut wie das andere, ça revient au même.

Es ist entschieden kalt.

Eine unglaublich hohe Falsettstimme fällt vom Himmel herab.

Alle heben den Kopf.

Ganz oben auf einem mit großen Bolzen verschraubten Röhrenturm ist Tamerlan erschienen, prächtig, furchterregend in seinem weiten damastenen Königsmantel und mit dem Helm mit langen gebogenen Hörnern und einem gewaltigen, herunterhängenden Schnauzbart.

Die Falsettstimme ist seine.

»Nein, was soll denn das!« explodiert Berluschi. »Der Kerl ist ja eine Frau!«

»Ssssst!«

»Aber die verarschen uns doch, ja sind die denn wahnsinnig, geben einfach eine Männerrolle einer Frau! Da fahre ich dreihundert Kilometer, und die haben nicht einmal einen Bass oder einen Bariton! Ja, was soll denn das?«

Historische Erklärungen laufen durch die Sitzreihe, das ist ein Tenor, der eine Knabenstimme imitiert, zu Händels Zeit sind diese Rollen von jungen Männern gesungen worden, hast du kapiert, du Ignorant, die Kastraten waren das, extra dafür kastriert wurden die doch.

Unbezähmbares Gelächter schüttelt Berluschi, es pflanzt sich fort zu Valdo, zu Beba, zu Klaus, zu Micheletti, zu Gabriele, zu allen Hinterköpfen und Schultern, die Gea vor sich hat.

»Ein Kastrat! Deswegen hat der Hörner auf!«

Da reißt der Faden lautlos.

Da steht Gea auf, da gleitet sie unbemerkt hinaus.

Nicht der Schwachsinn vertreibt sie, sie hat ja selbst oft und oft schon über solche Witze gelacht. Nicht die Ignoranz, auch sie weiß ja wenig oder gar nichts über Händel, die Kastratenstimmen, den *Tamerlan*. Aber in diesem brüllenden Gelächter ist etwas, bei dem Gea nicht mehr mitmachen kann, was sie nicht mehr hat, an einem geheimnisvollen Punkt dieses Tages verloren haben muß, vielleicht als sie Ippolita wiedersah oder Guccio, oder als sie vor dem Grab Heinrichs von Nassau saß, oder als sie an ihren Mann dachte oder an Fiona, oder als sie der Neid auf die schöne grünseidene Mulattin packte, oder als ihr auf der Lichtung unter den Zyklopenmauern das Auto abhanden gekommen war.

Plötzlich findet sie es jetzt wieder, das Grillenkonzert ist hier draußen lauter als der *Tamerlan*, und findet sich selbst am Steuer wieder, voller Erregung und Hast, von irgend etwas unwiderstehlich zum Abschluß gedrängt, hingetrieben, hingezwungen zur natürlichen Ordnung der Dinge.

Ihre Reflexe kommen schnell und mühelos, während sie den Hügel hinunterfährt, und ein wachsendes Gefühl der Erleichterung erfaßt sie, als ginge nun eine maßlose Anstrengung zu Ende, als würde ihr endlich ein ungeheurer, unmöglicher Versuch aus den Händen genommen, die das Lenkrad umklammert halten.

Gegen eine am nickelblauen Himmel wieder aufgegangene Sonne schirmt sich Gea die Augen mit der Sonnenbrille und ihrem Strohhut, die Handtasche mit den Zigaretten und dem Lippenstift liegt auf dem Beifahrersitz.

Unten an einer scharfen, steil abfallenden Kurve schneidet ihr ein dahintrottendes Schaf die Straße ab, oh yes, oh God, das ist der Punkt, also das ist es, das Ungreifbare, das sie beunruhigt hat. Sie sieht mehrere Autos, die auf sie zufahren, ein großes Reklameschild mit vier Reitern im Gegenlicht, und aus den Augenwinkeln bemerkt sie gerade noch einen alten Radfahrer im Trainingsanzug, der bestürzt neben seinem Rennrad steht, ein Olivenbaum rast ihr mit wahnsinniger Geschwindigkeit von der Seite her entgegen, der Stamm gewunden, knotig, wie eine Skulptur.

Alles fügt sich zusammen, in einem blitzartigen, spastischen Replay wird alles klar.

Gea bremst, bricht sich dabei fast den Absatz der Sandale ab, schließt die Augen, aber ignoriert nichts mehr, zensiert nicht mehr, und das letzte, was ihr noch ins Bewußtsein dringt, ist, daß der Armreif aus Silber und Email, dessen Verschluß sie nie hat reparieren lassen, aufspringt und ihr vom Handgelenk gleitet, um unauffindbar im Schrotthaufen ihres hellblauen Kombis zu verschwinden.

Carlo Fruttero/Franco Lucentini

Der Palio der toten Reiter

Roman
Aus dem Italienischen von Burkhart Kroeber.
3. Aufl., 15. Tsd. 1986. 200 Seiten. Geb.

Der Schauplatz ist Siena, die Piazza del Campo, wo alljährlich der Palio stattfindet, das aufregendste, farbenprächtigste, spektakulärste Pferderennen der Welt, dessen Abläufe und Rituale weit zurück ins Mittelalter reichen. Uralte Fehden werden bei diesem größten Volksfest Italiens ausgetragen, Korruption und Bestechung entscheiden mindestens ebensosehr wie der Zufall über den Sieger.
Nichts von alledem weiß das arglose Mailänder Ehepaar Maggioni, als es sich bei einem Hagelsturm in eine ländliche Villa in der Nähe von Siena verirrt. Schritt für Schritt werden sie aufgeklärt vom gräflichen Besitzer, von einer verführerischen blonden Sirene sowie weiteren Mitgliedern dieser auf höchst komplizierte Weise miteinander verwandten Familie. Doch je mehr sie erfahren, desto verworrener erscheint das Ganze, desto undurchdringlicher das Geheimnis des Palio.
In der ersten Nacht wird ein Mord begangen – aber ist es wirklich nur Mord? Was hat es mit dem mysteriösen Pferden auf sich, die in der Nähe der Villa weiden und dann plötzlich verschwinden? Stehen die sechs Personen, die Maggioni nächtens bei einer Geheimkonferenz ertappt hat, in irgendeinem Zusammenhang mit den sechs verschwundenen Contraden? Warum muß er immer wieder an eine Windschutzscheibe denken, wenn er – inzwischen ist der große Tag, der Tag des Palio gekommen – auf die Piazza blickt? Nichts ist gewiß, nur eines steht für ihn fest: Der Ausgang des Palio wird die Lösung des Rätsels bringen.

»›Der Palio der toten Reiter‹ ist der aufregendste Spannungsroman, den F & L bislang geschrieben hat.« Panorama

»Viel, viel mehr als ein Kriminalroman. Die Geschichte beginnt als Sitten- und Konversationsroman, geht dann über in einen Krimi, streift den Schauerroman und erweist sich am Ende als Roman über die menschliche Existenz.« La Stampa

Giorgio Bassani

Die Brille mit dem Goldrand

Erzählung. Aus dem Italienischen von Herbert Schlüter.
1985. 106 Seiten. Serie Piper 417

Im Mittelpunkt der Erzählung steht der kultivierte, von seinen Ferrareser Mitbürgern respektierte Arzt Fadigati. Als seine homosexuellen Neigungen bekannt werden, bleibt er weiterhin von der Gesellschaft geduldet.
Erst als er sich mit einem schönen skrupellosen Studenten einläßt, der ihn in aller Öffentlichkeit bloßstellt, zieht sich die achtbare Gesellschaft von ihm zurück. Der einzige, der ihm mit Verständnis und Menschlichkeit begegnet, ist der Ich-Erzähler, der als Jude in eine ähnliche Isolation gedrängt wird.

Ferrareser Geschichten

Aus dem Italienischen von Herbert Schlüter. 1985. 250 Seiten.
Serie Piper 430

»Bassani beherrscht die Kunst, seine Personen von sich wegzuschieben und sie quasi in einen Spiegel zu stellen.« Eugenio Montale

Die Gärten der Finzi-Contini

Aus dem Italienischen von Herbert Schlüter.
3. Aufl., 19. Tsd. 1985. 358 Seiten. Serie Piper 314

Schauplatz des berühmten Romans ist Ferrara, Zeit der Handlung sind die Jahre vor dem Zweiten Weltkrieg. Im Mittelpunkt steht die reiche, kultivierte Familie der Finzi-Contini, die nach dem Erlaß der faschistischen Rassengesetze ihre vornehme Zurückhaltung aufgibt und ihren jüdischen Mitbürgern Zutritt in ihren verwunschenen Park gestattet. Eine neue Welt eröffnet sich dem Ich-Erzähler, der bald zum Freund der Familie wird. Vor allem aber gelten seine Besuche Micòl, der rätselhaften, kapriziösen Tochter, in die er sich leidenschaftlich verliebt. Verwirrung und Eifersucht führen zum Abbruch der Beziehung, und er hört erst wieder von den Finzi-Contini, als Micòl und die übrige Familie nach Deutschland deportiert werden, einem namenlosen Tod entgegen.

Giorgio Bassani

Hinter der Tür

Roman. Aus dem Italienischen von Herbert Schlüter.
2. Aufl., 12. Tsd. 1986. 174 Seiten.
Serie Piper 386

»In einer seltenen Verbindung von Zartgefühl und (scheinbar) unbemühter Schlichtheit« (Günter Blöcker) erzählt dieser Roman von dem Verlust kindlicher Unschuld. Schauplatz ist ein Gymnasium – für viele eine Hölle mit Auserwählten und Zurückgewiesenen. Dem Ich-Erzähler gelingt es nicht, in die magische Welt der Auserwählten vorzudringen, und er schließt sich einem unsympathischen Mitschüler an. Luciano, ein doppelgesichtiges, rätselhaftes Wesen, verstrickt ihn schrittweise in Intimitäten und verrät dies an die »Auserwählten«. Auf diese Weise verliert der Ich-Erzähler den Freund und den Glauben an die Umwelt.

Der Reiher

Roman. Aus dem Italienischen von Herbert Schlüter.
2. Aufl., 10. Tsd. 1986. 240 Seiten.
Serie Piper 630

»Der Reiher erzählt vom letzten Tag im Leben des 45jährigen Gutsbesitzers Edgardo Limentani. Während eines Jagdausflugs kommt ihm die Sinnlosigkeit seiner Existenz lähmend zu Bewußtsein.
Der Reiher, den sein Begleiter abschießt – sein Flug, sein Sturz und sein langsames, sinnloses Verbluten –, erscheint Limentani wie ein Bild seiner selbst. Nur im Selbstmord glaubt er den Ekel vor dem Leben überwinden zu können. Präzise und einfühlsam zeichnet Bassani das Porträt eines Mannes, der mit seinen Schwierigkeiten und Existenznöten typisch ist für den Menschen von heute.

»Ein Meisterwerk« Die Zeit

Federigo Tozzi

Das Gehöft

Roman. Aus dem Italienischen von Ragni Maria Gschwend.
3. Aufl., 8. Tsd. 1985. 179 Seiten. Geb.

Remigio Selmi, einem jungen Bauernsohn aus der Gegend um Siena, ist für kurze Zeit die Flucht in die Stadt gelungen. Doch schon bald wird er an das Sterbebett seines Vaters zitiert, eines tyrannischen, rabiaten Grundbesitzers, um den sich nun, da es zu Ende geht, die Erben scharen: die Stiefmutter Remigios, ein verängstigtes, verbittertes Geschöpf, die unter der Gewaltherrschaft des Alten ebenso gelitten hat wie der Sohn, und die 20jährige Magd, eine verschlagene, habgierige Person, die Geliebte des Vaters, die sofort nach dessen Tod das Testament anficht. Remigio übernimmt die Verwaltung des Guts, bemüht, sein Bestes zu geben. Doch in seiner Unsicherheit ist er einmal zu streng, dann wieder zu milde, er vertraut sich den Taglöhnern an, die ihm noch das Obst vom Baum stehlen, verstrickt sich in aussichtslose Rechtshändel, ist zu mißtrauisch, um sich mit der Stiefmutter zu verbünden und dem einzigen Knecht, der zu ihm hält. Er legt sich selbst die Steine in den Weg. Unausweichlich bahnt sich die Katastrophe an, verschuldet von ihm, dem Träumer, dem Lebensuntauglichen, und einer erbarmungslosen Umwelt. Tozzi kennt die bäuerliche und kleinbürgerliche Welt, die er beschreibt. Er steht nicht über, sondern mitten unter seinen Personen. Diese Haltung sowie die Lakonik seiner Sprache, der Verzicht auf stilistische Schnörkel, lassen ihn heute so unerhört modern erscheinen, so viel radikaler als die meisten jüngeren Autoren.

»Ein Meisterwerk der erzählenden Literatur, dessen gestaltete Intensität sich dem Leser mehr und mehr aufdrängt und ihn nicht entläßt, bevor er das Buch beendet hat. Die Faszination beruht vor allem auf der zeitlosen Thematik und dem Verzicht auf jede Modernismen, die uns das mehr als sechzig Jahre alte Werk wie ein Buch aus diesen Tagen lesen läßt.«

Hannoversche Allgemeine Zeitung

Drei Kreuze

Roman. Aus dem Italienischen von Ragni Maria Gschwend. 1986. 158 Seiten. Geb.

»Drei Kreuze« gehört neben dem »Gehöft« und dem noch nicht auf deutsch veröffentlichten Roman »Con gli occhi chiusi« zu den Meisterwerken des sienesischen Schriftstellers. Im Mittelpunkt der Geschichte, die auf eine wahre Begebenheit zurückgeht, stehen die drei Brüder Gambi, Besitzer eines kleinen Antiquariats in Siena. Giulio, Niccolò und Enrico, alle drei lebensuntüchig und nur auf die Befriedigung ihrer Freßgier bedacht, haben ihr Geschäft an den Rand des Ruins gebracht. Im Einverständnis mit den anderen fälscht Giulio, der Älteste, die Wechsel, die er von einem reichen Cavaliere erhält – nicht so sehr, um die Katastrophe zu verhindern, sondern um sie hinauszuzögern.

Als der Betrug aufkommt, nimmt Giulio um der Brüder willen die Alleinschuld auf sich und erhängt sich in der Buchhandlung. Niccolò, der sarkastische Choleriker, geht bald darauf an einer Krankheit zugrunde, und der nur auf sein Vergnügen bedachte Enrico stirbt, heruntergekommen, im Armenhaus. Von ihrer armseligen, verbitterten Existenz künden die drei gleichen Holzkreuze, die auf ihren Gräbern errichtet werden.

Das eigentliche Thema des Romans, der erzählt, wie man das Leben verraucht, verfrißt, verschläft »und es dreimal verachtet«, ist die Problematik von Gut und Böse, die Verstrickung in Schuld – Motive, die Tozzi von Verga und Dostojewski übernommen hat. Zugleich ist »Drei Kreuze« die unerbittliche Röntgenaufnahme einer heuchlerischen Gesellschaft, die nur auf die Fassade achtet. Nicht wegzudenken aus dem Roman ist schließlich Siena, die gotische Stadt, die den Hintergrund dieser düsteren Geschichte bildet und von der Tozzi sagte, er werde auf ewig traurig sein, weil er dort habe leben müssen.

Italienische Autoren

Stefano Benni
Terra!
Roman. 2. Aufl., 20. Tsd. 1985. 430 Seiten. Geb.

Carlo Fruttero/Franco Lucentini
Der Palio der toten Reiter
Roman. 3. Aufl., 15. Tsd. 1986. 200 Seiten. Geb.

Carlo Fruttero/Franco Lucentini
Wie weit ist die Nacht
Roman. 1981. 572 Seiten. Geb.

Carlo Emilio Gadda
Die Erkenntnis des Schmerzes
Roman. 1985. 254 Seiten. Serie Piper 376

Carlo Emilio Gadda
Die gräßliche Bescherung in der Via Merulana
Roman. 1986. 410 Seiten. Serie Piper 466

Italienische Erzählungen des 20. Jahrhunderts
Hrsg. von Klaus Stiller. 1982. 468 Seiten. Leinen

Eugenio Montale
Gloric dcs Mittags
Ausgewählte Gedichte. Italienisch Deutsch
Übertragen und mit einem Nachwort von Herbert Frenzel.
3. Aufl., 9. Tsd. 1986. 176 Seiten. Serie Piper 570

Eugenio Montale
Satura/Diaro
Aus den späten Zyklen. Italienisch Deutsch. 1976. 190 Seiten. Geb.

Eugenio Montale
Die Straußenfeder
Ausgewählte Prosa. 1985. 146 Seiten. Serie Piper 145

Italienische Autoren

Pier Paolo Pasolini
Accattone
1984. 124 Seiten mit 19 Abbildungen auf Tafeln. Serie Piper 344

Pier Paolo Pasolini
Mamma Roma
1985. 118 Seiten. Serie Piper 302

Pier Paolo Pasolini
Teorema oder Die nackten Füße
3. Aufl., 14. Tsd. 1983. 191 Seiten. Serie Piper 200

Pier Paolo Pasolini
Vita Violenta
Roman. 4. Aufl., 21. Td. 1985. 444 Seiten. Serie Piper 240

Umberto Saba
Ernesto
Roman. 1985. 160 Seiten. Geb.

Giuseppe Tomasi di Lampedusa
Der Leopard
Roman. 19. Aufl., 233. Tsd. 1986. 198 Seiten. Serie Piper 320

Giuseppe Tomasi di Lampedusa
Die Sirene
Erzählungen. 1985. 191 Seiten. Serie Piper 422

Giovanni Verga
Mastro-Don Guesualdo
Roman. 1986. 414 Seiten. Serie Piper 665

Paolo Volponi
Die Weltmaschine
Roman. 1987. 226 Seiten. Serie Piper 655